かはづ鳴く池の方へ

パート一　旅の始まり　〇七
パート二　伝承――引用の織物　一五
パート三　考証――引用のモザイク　三一
パート四　旅路の果て　四一

パート一　旅の始まり

旧臘十五日ごろにこんな詩を書いた

☆

闇の夜の　啼かない鳥の声ばかりが
しきりに聴こえてくる
あけくれの　あげくに
つひに心を決めて
隠岐の島への旅に出た

旅のアルバムのひとこまに
まばらな木立と茂つた草に囲はれた
ひとつの池と
一基の歌碑があつて

池の名は　勝田（刈田あるいは苅田とも）の池
そして
碑に刻まれた歌は後鳥羽院御製の
――蛙なくかり田の池の夕たゝみ／聞かましものは松風の音

文字は有栖川宮（何親王？）の筆といふ

池は助九郎の池と呼ばれた
一時期もあつたやうで
明治二十五年に
隠岐を訪れた小泉八雲は
こんなふうに書いてゐる

名高い池がある庭をそっと見せてもらった。その池は助九郎の池と呼ばれていた。その池の蛙が鳴くのを、七百年の間きいたことがないと言われている。

後鳥羽帝がある晩、その池の蛙の鳴き声のために寝つかれず、立って外に出て、「黙れ！」と蛙に命じられた。そのことがあってから今日まで、何百年も、蛙は鳴かずにいるというのである。池の近くにその頃大きな松の木があり、風の強い夜など葉ずれの音が帝の安眠を妨げた。そこで帝は松に向って「静まれ！」と言われた。それから後、その木は、嵐の時も絶えて葉ずれの音をさせなかったという。（銭本健二訳）

助九郎といふのは
現地で後鳥羽院の身辺の世話をした
村上助九郎の由で
屋敷の片隅に

この池があつた
屋敷は朽ちて取り払はれ
跡地には
上皇没後七百年に当たる昭和十四年に
広大な敷地を持つ隠岐神社が
創建されたが
その一角に
池は残り
歌碑が建てられた

蛙を黙らせるといふ点で
想ひ合はされるのは
十九世紀の仏詩人ネルヴァルの
絶筆となつた「散策と回想」といふ
作品の終り近くのことで
そこに列記されたヴァロワの諸伝説中に
「蛙に話しかける聖リウール」
といふ短い言及があり
さらにそのもうすこしあとでは
これを説明して

「左手にはレーヌの畑が広がり、ここで聖リウールは、蛙の鳴き声で説教を中断させ、彼らに沈黙を命じ、そして説教を終えると、今後はそのなかの一匹だけに発言することを許したのだった。この素朴な伝説には、そして少なくとも一匹の蛙には他のものたちの訴えを代弁することを許したという聖人の善意には、どこかしらオリエント風のところがある。」（田村毅訳）

と述べてゐる

うるさい蛙どもを
一言でもつて黙らせたといふ伝説の
遥かな時間と空間を隔てた不思議な一致は
いくつもの面で興味深い

歌碑について
丸谷才一さんは
こんな感想を綴つて居られる

（……）暗い陵の入口にある歌碑の、
　蛙なく勝田の池のゆふだたみ聞かましものは松風の音
という和歌は読んだことのないものだったし（これは風水の隠岐紀行『おきのすさび』に収める十一首のうち）、後鳥羽院としてはいい出来とは思えないけれど。あの島でわたしがいちばん感動したのは、陵の隣りの、後鳥羽院を祀る隠岐神社の花ざかりにたまたま出会ったことである。あの満開の桜は「ながながし日もあかぬ」と言いたいくらいきれいだった。わたしはこの景色を『笹まくら』に取入れることにして、徴兵忌避者と家出娘とに隠岐神社で花見をさせたのだが、あとで気がついてみると、野坂も『受胎旅行』のなかで、どうしても子供を授からない夫婦にこのお宮の花を眺めさせていた。(『後鳥羽院』あとがき)

これらのことどもについて
いづれ　どこかで（以下略）

☆

こんな詩だつた
けれどもこれはハーンの思ひ込みに敢て従つた偽記述で
この伝説が関はるのは
院の世話をした村上助九郎の屋敷内の池ではなく
行在所となつた勝田山源福寺
その庭前の池といふのが正しいらしく
歌碑のある現存の池はそちらの方である
右の詩の末尾
「(以下略)」の箇所には
実は　かうあつた
「もう少しじつくりと／腰を据ゑて考へ／かつ／書き綴つてみたい」

さて　あらたに書き下ろす本篇は
その
「いづれ　どこかで」の
実現である

パート二　伝承——引用の織物

池と蛙と松にかかはる伝説の記述は
管見に入つただけでも　数へきれないほどだが
以下では　その一部を並べて楽しまう

（……）そこで見物の一つとして名高い池がある庭をそっと見せてもらった。その池は助九郎の池と呼ばれていた。その池の蛙が鳴くのを、七百年の間きいたことがないと言われている。

後鳥羽帝がある晩、その池の蛙の鳴き声のために寝つかれず、立って外に出て、「黙れ！」と蛙に命じられた。そのことがあってから今日まで、何百年も、蛙は鳴かずにいるというのである。池の近くにその頃大きな松の木があり、風の強い夜など葉ずれの音が帝の安眠を妨げた。そこで帝は松に向って「静まれ！」と言われた。それから後、その木は、嵐の時も絶えて葉ずれの音をさせなかったという。

――ラフカディオ・ハーン「伯耆から隠岐へ」銭本健二訳（『明治日本の面影』講談社学術文庫　一九九〇）

（……）庭だけちょっと覗かせてもらった。庭には有名な池があって、名所の一つになっている。

池は長九《ママ》郎の池といって、この池は七百年の間、蛙の声を聞いたことがないそうだ。

というのは、後鳥羽帝はある夜、蛙の声に御寝できなかったので、床から起き出《い》でられて、池の蛙どもに「静かにせよ」と命ぜられた。そこでここの池の蛙は、何世紀という間、今日に至るまで鳴かずにいるのだそうである。

池の近くに、当時は大きな松の木があった。風の荒い夜など、颯々たるその松風の音が、帝の御寝をさまたげた。帝は松の木にむかって、「静かにせよ」と仰せになった。それからというもの、その松の木は、あらしのおりにも枝を鳴らす音が聞かれなくなったという。

――同上　平井呈一訳（『日本瞥見記　下』恒文社　一九七五）

これはすでに引用した
それから　これも

（……）暗い陵の入口にある歌碑の、

蛙なく勝田の池のゆふだたみ聞かましものは松風の音

といふ和歌は読んだことのないものだつたし（これは風水の隠岐紀行『おきのすさび』に収める十一首のうち）、後鳥羽院としてはいい出来とは思へないけれど。

――丸谷才一『後鳥羽院　第二版』（筑摩書房　二〇〇四）

先にも触れた
ラフカディオ・ハーンの誤解については
次の記述がある

「(……)庭には有名な池があって、名所の一つになっている」と書いているが、ハーンは「蛙鳴く勝田の池」と助九郎邸の池を考え違いしているし、「音無しの松」を助九郎の邸にあるものと勘ちがいをしている。

これらのものは後鳥羽上皇の行在所であった勝田山源福寺の庭にあったものである。

「蛙鳴く勝田の池の夕たたみ
聞かまじ《ママ》ものは松風の音」

源福寺行在所の前に「勝田の池」があって、その他の傍に「松の老樹」があって、それに向って御製あったもので、ハーンの案内者は村上助九郎邸と後鳥羽院の御陵には案内したが行在所であった源福寺址へは案内しなかったものと見える。ハーンに錯覚を生じさせたものと見える。

――藤田一枝『隠岐と小泉八雲』(海鳥社書店　一九七一)

その他　この伝説について読んだ言説の一部を
順序不同で
綴り合はせるならば

源福寺跡の近くには、池（勝田の池という）と『蛙鳴くかり田の池の夕だたみ聞かましものは松風の音』の上皇歌碑がある。上皇は、隠岐でのわびしさにたえかね、池の蛙のなき声と松の葉ずれの音があまりやかましいのでこの歌をよまれたという。すると蛙もなかなくなり、松も音をたてなくなったといわれる。

――山陰歴史研究会『島根県の歴史散歩』（山川出版社　一九七六）

源福寺の建物は今はなく、境内の木立の中に『後鳥羽上皇行在所跡』という石碑と、その傍らに上皇の御歌を刻んだ歌碑が建っている。

かわず鳴くかり田の池の夕だたみ
　　聞かましものは松風の音

歌の意は、「夕ぐれの池で、蛙がさかんに鳴いているが、私の聞かま欲しいものは、ひたすらに待つ都からの良い知らせ、風のたよりである」というふうにとれるが、これを聞いた蛙と松は、上皇の御心中をお察しして、その時以来、蛙は鳴くことをやめ、松は音を立てぬようになったといわれ、ここの松を「音無しの松」と呼ぶ。

――宮田 隆「伯耆・隠岐」（『わが心　わが山陰』聚海書林　一九八二）

御火葬塚のあるところを通って、老樹の鬱蒼たる下をゆくと、苔むした石垣がある。勝田寺《ママ》源福寺のあとなのである。そして、後鳥羽上皇の行在所あとなのである。いま、そこの石垣で囲んだ一郭の前に立つと、鐘楼址と記した木札もある。

上皇の頃には、恐らくはそのような鐘楼はなかっただろう。しかしあの池は、あったはずだ。草木が一面に生えた敷地の中にある小さな池。上皇は、この池で鳴く蛙の声にすっかり悲鳴をあげられたらしい。

蛙鳴く刈田の池の夕たゝみ
　聞かましものは松風の音

という御製があった。言い伝えによると、この池の蛙は、あの御製以後すっかり声をあげなくなったという。上皇の心が通じたのであろうか。確かに、この静寂のなかでは、ガアガアと鳴く蛙の合唱は、あまりにも気持を痛めつける。

——奈良本辰也「後鳥羽院の跡を訪ねて」(『後鳥羽上皇と隠岐島』後鳥羽上皇聖蹟顕彰会　一九七五)

行宮の付近は松林に蔽われており、その近くに小さな勝田ガ池がある。ある日のたそがれ時、行宮に夕やみが濃くせまっていた。上皇は望郷の思いがいよいよつのり、いらいらして、いても立ってもいられない風情である。

島特有の季節風も、にわかにつよくたちはじめた。さきほどからやかましく鳴く蛙の声に、松の音が加わり、上皇の神経を一層かきたてるのである。たえかねた上皇は、いらだつ気持ちを、

蛙《かわず》鳴く勝田ケ池のゆふだたみ
　きかましものは松風の音

と眉をひそめられた。するとあれほどうるさく鳴いていた蛙の鳴き声も忘れたようにやみ、寒々となりつづけていた物すごい松音もぴたんとやんだという。

以来島人はこの松を「音無しの松」と呼ぶ。しかしこの老松も数百年のうちに枯れてしまったのか、今あるのは二代目音無しの松であるとのことだ。またある年、

かんだかく、血を吐くように鳴く《ほととぎす》の鳴き声をきいた上皇は、

鳴けば聞くきけば都の恋しきに

この里出でよ山ほととぎす

とお詠みになった。それからは、さすがのほととぎすも、哀れなこの歌に同情してか、ぴったりと鳴かなくなったという。多才で有能な上皇が、いかにこの島で無念の日々をおくられたか、そのお気持ちが手に取るように分かるのである。

それから百三十五年たって、後醍醐天皇も同じ北条氏（高時）によってこの島に流されたわけだが、ほととぎすの鳴かぬこの島で、天皇は都で聞いたほととぎすの鳴き声を恋しく思われ、《ほととぎす》を次のようにうたわれた。

聞く人も今は無き世にほととぎす

誰に怖れて鳴かぬこの山

するとこの苅田の郷にも、再びほととぎすが鳴きはじめたというのである。単純な伝説ではあるが、聞く人の胸をうつものがある。

――近藤泰成編『隠岐・流人秘帳』（山陰中央新報社　改訂第六刷　一九九二）

今、御址に立つと、堂の跡は柵を繞らされ、礎石が、龍の鬚の丈のびた間に隠見してゐるのみである。大きな百日紅が芽ぐみ、木瓜が枯れて、爪だたくと音を立てる。落葉を踏むと靴がまつたく沒するのであつた。頬白であらう、松の間の照り翳るごとに聲だかに囀る。外海の怒濤が、時折松籟の絶間を埋めて、今は草に埋れた勝田池の、

蛙なく勝田の池の夕たたみ聞かましものは松風の音

の御製が胸をうつのであつた。その名を負つて名づけられた「音無松」も今は枯れ

朽ちて、僅かにのこる御井の大石垣のみが森閑たる木洩れ明りの中にある。その御井も、中はただ暗かつた。

——加藤楸邨「後鳥羽院懐古」（『隠岐』交蘭社　一九四二）

蛙なく刈田《かりた》の池の夕たたみ
　聞かましものは松風の音

これは、上皇が行在所のあった源福寺で詠まれた歌で、松風の音にも都からのよい知らせをひたすら待っている、という思いが込められており、この歌が詠まれてからは、上皇の悲しみを察して刈田の池の蛙は鳴かなくなり、また、松は嵐の夜にも音をたてなくなったという。

——「隠岐神社・黒木御所周辺」（『島根図鑑』島根県広報協会　二〇〇〇）

上皇は三保神社御一泊ののち、翌日勝田山源福寺に御到着、ここでそれからの十九年を過される。この寺は聖武天皇勅願により建造されたものであるが、明治二年の排仏運動であとかたもなく、唯、行在所跡が冷々と暗い若葉の中にあるのみの淋しさである。往時を慕ぶよすがは、小さな池、よどみ、荒れた水面のわびしさに立ち尽すのみであった。

蛙鳴く刈田の池の夕たたみ聞かましものは松風の音（『後鳥羽院御百首』）

それにしても、あまりにも狭い行在所であり、山のたたずまいであった。宮廷に権勢を誇った人の例え流され給うた配所とはいえ想像も出来ぬ淋しさである。

——西野妙子『後鳥羽院　光臨流水』（国文社　一九七九）

☆

これらの記述の
そもそもの元をなしてゐると
考へられる古文書　数点
（といつてもすべて江戸期のもの）
中でも最古と
目されてゐるものは
『隠州視聴合記』だが
次に掲げる『隠岐嶌記』の方が
もつと古さうだ
それを先立てて
列挙　引用して置かう

＊『隠岐嶌記』（寛永十一年　一六三四）

立出てそのあたり見めぐらしけり寺の前に苅田の池といふあり後鳥羽院の御歌に

かはづなく苅田のいけの夕たゝみ
きかましものは松風の音

と読ませ給ひしより此池のかはづ聲絶けるといひ傳しがまことに蛙はあれども終その鳴聲を聞かずと寺僧かたり侍るを聞きて（以下著者自作の和歌あれど省略）

――（国文学資料館所蔵のマイクロフィルムより判読。「寛永十一甲戌」と末記、さらに「享保十三戊申」と筆写時の奥書あり。享保十三年は一七二八）

＊『隠州視聴合記』（寛文七年　一六六七）

前庭ハ広シテ背ニハ樹多シ本堂ハ護摩ヲ修ス五大尊ヲ置ケリ煙ニ薫シテ佛モ黒シ堂ノ左ニ坊アリ牆ヲ隔テ空庭アリ其内ニ方池アリ嶼ニ弧松ノ偃ス有此ヲ葛田ノ地《ママ》ト云老僧語テ曰ク昔王御遊ノ夕部蛙鳴テ松風吹折ニ遇バ此モサスカニ哀ナルニヤ蛙鳴葛田ノ池之夕畳聞マシ物ハ松風ノ音ト咏セサセ玉ヘリ是ヨリ蛙鳴事ナク今ニ至テシカナリ門ヲ出テ三五歩タモ過サルニ其ノ鳴ヿ常ノ如シ

元之大徳年仁宗在潜邸日駐輦於懐孟恃《ママ》苦群䵷乱喧終夕無寝翌且（旦）大后傳旨諭之曰　五（吾）母子慣（憤）々䵷忍悩人耶自後毋再鳴其後雖有䵷而不作声後越四年仁宗登大寶古人論曰元后者天命攸帰行在之所雖未践祚而山川鬼神以陰来相之不然則蟲魚微物耳又能聴令者乎仁宗後登祚後鳥羽遂崩于茲矣彼後為天子此初為至尊雖如有小異命所以行小虫者一也天王之令厳矣哉按其令如此何以王師敗績遂狩遠境乎夫天壊之間唯天理而已王者繼天而為之子得其理於心行之故普天之下無不王土四海之物不得違其理雖小蟲所以聴命也若行違其理而王之不王則敗六軍之衆棄万乗之位為獨夫死邊地然則天理豈不大哉戦兢可持王者如此況其下者乎

――（国文学資料館所蔵のマイクロフィルムより判読。漢文部の訓点類は全て省略。隠岐郷土研究会編『隠岐島史料』にも若干の誤りを含む読み解きあり。右の文中「折ニ遇バ……ナルニヤ」は、『新古今』一四七八番歌、前大納言忠良作を踏まへてゐる）

＊『隠州視聴合紀』（寛文七年　一六六七）

前庭は廣くして背には樹多し。本堂は胡麻（護摩）を修する地とて五大尊を置けり。煙に薫じて佛も黒し。阿訶棚に菊楓折亂せり。堂の左に坊あり。牆を隔て空庭あり。其内に方池あり。嶼に弧松の偃するあり。此を葛田の池といふ。老僧語りて曰く。昔王御遊の夕べ、蛙鳴いて松風吹く。折に遇へば是もさすがに哀なるにや。

　蛙鳴く葛田の池の夕畳聞かましものは松風の音

と詠ぜさせ給へり。是より蛙鳴くことなく、今に到りて然り。門を出で丶三五歩だも過ぎざるに、其鳴くこと常の如し。（以下漢文省略）

――（『日本庶民生活史料集成』第二〇巻　一九七二　所収の活字化テクスト。国文学資料館所蔵マイクロフィルム元版とは別写本に依るらしく、表題をはじめとして若干の異文が見られる）

＊『隠岐古記集』（不明）

勝田の山に御殿を造らせ星霜を送らせ給ふ　ある時池の蛙の声松風の音を聞召しわびて○蛙鳴く勝田の池の夕たたみ　聞ましものは松風の音　　是より蛙なくことなし今も然るなり門を出て二三歩だに過ぎさるに啼くこと常の如し王位の小虫迄も其おごそかなることを恐るべし　故に曰　元の大徳の年に仁宗未夕声なかさけ時潜邸に在てある日輦に乗懐盃と言処に行程　待り群蝿乱喧に苦む終日寝事なし翌日仁宗旨を伝へ之諭して曰く吾母子憤りけり蝿人を悩すを忍んや自渡は再唱するなかれと其後蝿ありといへとも声をなさす後四年を経て仁宗大宣に登而古人論して曰元の后は天命帰する処行の在る所なり未夕裕を踏すといへとも小川鬼神以て挨に来り之に相す然らされば虫魚は従物干又能令を殖もの歟仁宗は後に旅に登り嶋鳥羽は遂にここに崩す彼は後に天子になり此は勘至尊たりにき異有る如しといへ共以小虫に行所の者一なり　天王の令厳なる矣　按するに其令如此何そいそ王の師役続して遂に

遠境に服し給ふ哉夫て□の間只王而已王者天続て□理心にす之行之酪当ての下直ちに非さるへし四海のもの其理に逆を得すふ書といへ共以命を殖故なり若行其理に違て王の王たらさるは六軍の　を役る万乗の位乗て独夫に成辺地に死然に県天理豈大□不成哉戦競として持つへし王者さへ如此況や其のたるもの成

――（隠岐郷土研究会編『隠岐島史料』近世編下　一九六三　に収載。題は異なるが、これも『隠州視聴合記（紀）』の別伝かもしれぬ。漢文の読み下しと見られる「故に曰」以下の部分には特に多くの誤読または誤写があるようだが、それらはすべて上記研究会本のママにしておく）

＊『増補隠州記』（貞享五年　一六八八）

（……）勝田山源福寺ニ御殿を建、是に十九年の星霜送せ御座、蛙の声、松風ノ音を聞召、佗て、

　蛙なく勝田の池の夕たたみ
　　聞ましものハ松風の音

それより勝田池に蛙ありて、今も鳴事なし、松風の音も吟敷なかりしとなり。

――（『新修島根県史』史料編２　近世（上）　一九五五　所収に拠る。文中の「吟敷」その他の表記もすべて同書のママ）

＊島風水『おきのすさび』（宝永二年　一七〇五）

　蛙なく勝田の池のゆふたゝみ
　　きかましものは松風の音

此御歌の妙にて蛙声を発せず春は只うこつくのみと今の源福寺主快長法印の語ら

る　池は寺前にして人の知所也　彼仁宗の国母の蠅をいましめて二度なく事なかれといはれしより声を出さずともいへり　此君時に位に在さずといへども鬼神をなかしむるの和歌に秀させ給ひ太上天皇の尊号はおのつから天のあたへ給ふめる霊徳なるにや

——（国文学資料館所蔵のマイクロフィルムにより判読。隠岐郷土研究会編『隠岐島史料』にもほぼ同じ読み解きあり。風水の姓については他文献で「日置」とするもの多し）

☆

だが伝説は
遂に伝説
史実ではないから伝説なので
その点は
資料蒐集の最後に見付けた
次の一文でも明らかである
すこし長い引用になるが

後鳥羽院の行在所《あんざいしょ》は、海士町の源福寺であった。この寺の近くに「勝田の池」と「音なしの松」とがある。伝説は院の御製から、この二つの記念物を説明していた。ある夕暮れのこと、院は眠りもやらずもの思いにふけっていると、池にすむ蛙が松吹く風に入り乱れてたいそうやかましく鳴きたてた。そこで、

蛙鳴く勝田の池の夕だたみ聞かましものは松風の音

と歌を詠んだ。すると不思議なことに、あれだけうるさく鳴いていた蛙の声がぴたりとやんだ。池のそばに立っていた松も、音をたてなくなった。だから、このときから「音なしの松」といわれるようになった。

これはまだ後に長く続く伝説であるが、隠岐のどの島においても語られる有名なものである。とりわけ行在所のあった海士町においては、子どもまで知っている伝説である。けれども、伝説の核心はあくまでもこの島に住んだことのある後鳥羽院の御製であって、この歌を後の偽作としないかぎり、正確には、歴史と伝説にまたがる伝承といわなければならない。

それはともかく、その歌以外の説明は、院の御製から出発しており、歌の徳をいっているにはちがいないが、類型の多い話柄からいっても、とても事実とするわけにはいかない。十九年間もこの島に幽居を強いられ、ついに崩御《ほうぎょ》された院に対する島人の同情が、いつかこれを創作し、またいつか真実あったことと思い込んでしまったのであろう。

ところがおもしろいことに、後鳥羽院の御製は、蛙の声にはあまり興味を示さないにもかかわらず、「聞かましものは松風の音」という表現からすれば、松風の音にはむしろ耳をそばだてたことになっている。したがって、この伝説における「音なしの松」とは、蛙の声にかき消されて、あまり音をたててくれない松に対してつけられた名称であるべきで、そのときからやかましい音をたてなくなったというのでは、後鳥羽院もさぞかしお困りであったろう。

これは伝説の発展か、もしくは誤解に基づく潤色であった。歌からするならば、後鳥羽院は、蛙の声にかき消されそうになる松籟《しょうらい》を愛《め》で、あるいはそこに世の無常を感じていたといってもよいのである。いつごろからこうした誤解が生まれたのであろうか。たとえばこの伝説を最初に記述した寛文七年の『隠州視聴合紀』には、そのときから松が音をたてなくなったとは記していない。

老僧語りて曰、昔王御遊の夕べ、蛙鳴いて松風吹く。折に遇《あ》へばこれもさすがに哀れなるにや、

蛙鳴く勝田の池の夕だたみ聞かましものは松風の音

と詠ぜさせ給へり。これより蛙鳴くことなく、今に到りて然り。門を出でて三五歩だも過ぎざるに、その鳴くこと常のごとし。

これは、正確に和歌を解釈したからだろうか。「音なしの松」については説明がないのではっきりしないが、少なくとも伝説の誤解や発展は記していなかった。この書から二十一年後にできた貞享五年の『増補隠州記』には、さきの書にはない松風の音を説明して、「それより勝田の池に蛙ありて、今も鳴くことなし。松風の音もやかましくなかりしとなり」と記している。こうなるとすでに、現在の誤解の伝承に近くなってきた。「音なしの松」とはいっていないが、それはこの時点で、そういう特定の松を想定していなかったからだろう。しかし、そういう一本の松を決定する一歩手前にあることは事実である。それが現在では二代目「音なしの松」が存在するようになった。そして、口承の伝説はいうまでもなく、この伝説を述べるあらゆる活字の説明までが、「それ以後松は音をたてなくなった」という具合に発展した形で説明している。

けれども私は、これをもって誤った伝説として耳をふさぐつもりはない。ましてや揚げ足をとる気にはなれない。そんなことをすれば、ラッキョウの皮をむく猿に等しく、元来、虚構である伝説には何も残らないことになろう。より大切なことは、

そういう具合にでも伝説を発展させずにはいられなかった隠岐の人々の心情であり、つきつめていえば、貴人に対する信仰であった。

隠岐では、後鳥羽院のことを「後鳥羽院さん」あるいは「後鳥羽さん」といって、崇敬する念が著しかった。私が小・中学校時代をこの島で過ごした折にも、呼び捨てにする村人に会ったことはなかった。それは、天皇制のきびしかった時代だからというなら、はるかに後の現在でも、このことにかわりはないと言っておこう。

——野津龍「隠岐は伝説の島」（「民話と文学」創刊号　民話と文学の会　一九七七）

もはや　発表されてから
三十年になる文章だが
言ふべきことは
きちんと言つてあると思ふ

だが　それにしても
こころ残りがひとつ
それは
和歌に出てくる「夕だ（た）たみ」の語についてだ

パート三　考証——引用のモザイク

「夕だたみ」の語は
辞書をいくら探しても
出てこない

★『日本国語大辞典』（読み仮名や用例の一部を省略して引用）

ゆう-たたみ ゆふ… **【木綿畳】** [一]〔名〕木綿を折りたたむこと。また、そのたたんだもの。神事に用いられた。＊万葉—三・三八〇「木綿畳（ゆふたたみ）手に取り持ちてかくだにも吾れは祈（こ）ひなむ君に逢はじかも〈大伴坂上郎女〉」＊夫木—九「誰がみそぎゆふたたみして立田川滝の瀬切にぬさ流すらん〈藤原行家〉」（中略）[二][枕][一]を神に手向（たむ）ける意で「手向（たむけ）」にかかり、転じて「た」を含む地名「田上（たなかみ）」にかかる。＊万葉—六・一〇一七「木綿畳手向の山を今日越えていづれの野辺にいほりせむ吾れ〈大伴坂上郎女〉」＊万葉—一二・三〇七〇「木綿畳田上山のさな葛ありさりてしも今ならずとも〈作者未詳〉」

★『岩波古語辞典』

ゆふたたみ ユウ… **【木綿畳】** ①麻・楮の繊維を編んで畳んだもの。神事に使う。「——手に取り持ちてかくだにも我は祈ひなむ君に逢はじかも」〈万三八〇〉②〔枕詞〕神に手向けるのにつかうので「手向の山」に、手と同音をもつ地名「田上山」に、色が白いので地名「白月山」にかかる。（以下用例略）

と
いつた具合で
「夕だたみ」または「夕たたみ」には
一切言及が無い
やはり大規模な『時代別古語大辞典』でも同様である

「木綿」でなく「夕」を使つた例が
どこかにないかと
『新編国歌大観』を調べてみる
すると正徹の『草根集』に二つが見付かつた

夕だたみ雲の行てもまきもくの山風はげし夕立の空　（二六〇二）

あなし山嵐にとけぬ夕だたみかけて見ゆるや嶺の初雪　（五八六三）

『草根集』にはさらに
「ゆふ」が平仮名表記だが
次の一首がある

あなし山嵐も雪を巻向のゆふだたみする朝けをぞみる　（五九八九）

これら三首に見られる「夕（ゆふ）だたみ」は
内容（使はれかた）から見て
やはり
「木綿畳」とほぼ共通の
白くひろがる物（雲・雪）を暗示してゐると感じられる
本来は「ゆふだたみ」もしくは「木綿だたみ」と
あつてしかるべきところで
あるいは「夕」の字は
写本における
当て字ではないかとの疑ひが残る

「夕たたみ」の用例が
思わぬところからもう一つ見付かつた

夕たたみ三重の河原の淵瀬より田面を懸けて鳴蛙かも

これはweb上の「石見讃歌」といふサイトで

紹介されてゐる
「石見名所方角図解」なる
古文書（一七七四上梓）中に引かれてゐる由の和歌で
現島根県浜田市牛市町にあたる三重の河原の
情景画と共に掲げられてをり
作者については「（家集・和泉式部）」とある
ここには「蛙」も出て来て
当面興味を惹かれるが
これについても
納得できない点がいくつか見付かる
その一つは
「三重の河原」にかかる枕詞は
「夕たたみ」ではなくて
「わがたたみ」であること　実例は次の通り

わが畳三重の河原の磯《いそ》のうらに斯《か》くしもがもと鳴く蛙かも（伊保麻呂　万葉一七三五）

次に
「（家集・和泉式部）」とあるが
この度調べた岩波文庫版『和泉式部集・和泉式部続集』や
『新編国歌大観』その他にもこの歌が載つてゐないこと
そして

古歌で「三重の河原」といふ場合には
普通は現三重県四日市市を流れる内部川の河原を指すらしいこと
これらを考へあはせると
これは偶々川の名が同じところから
伊保麻呂の歌に付会され創作された
やはりひとつの「伝説」であつて
隠岐の「夕たたみ」の裏付け資料にする訳には
いかないのではあるまいか

(言い忘れたが
浩瀚な『新編国歌大観』索引や
京都は国際日本文化センターの
「和歌DB《データベース》」等で捜しても
後鳥羽院の「夕たたみ」使用例は
一つも見付からなかつた)

☆

思ひあまつて次のやうな「妄想」をつむぎだす
ひよつとしたら後鳥羽院の「夕たゝみ」は
かなり初期段階から
「ゆふすゝみ(夕涼み)」を

かう誤つて伝承して来たのではないか
元の「ゆふすゝみ」が
奔放な　もしくは逆に稚拙な
草仮名連綿体で書かれてゐた場合
それを筆写した人
（『隠州視聴合記』の筆者
あるいはもつともつと古い書写者）が
「す」（数、敷あるいは須を母字とする崩し字）を
「た」と読み違へ
それが数百年に亙って伝世されたといふ可能性は
考へられないものだらうか？

「夕たたみ」を「夕すずみ」と読めば
この箇所の意味の通じ難さは解消しさうである
そこで
後鳥羽院の「夕すずみ」使用例を探ってみると
これは　いくつか見付かつた

夏ふかみ木だかき松の夕すゞみ梢にこもる秋の一声（後鳥羽院御集一二三九）
　参考歌　風わたる森の木陰の夕涼みまだきおとなふ秋の一声（惟明親王）

松しげきむかひの岡の夕すゞみ秋よりさきに風ぞなれゆく（後鳥羽院御集一三六〇）

参考歌　松立てるよさのみなとの夕すずみ今も吹かなむ沖つ潮風（良経）

＊「参考歌」といふのは、参看した明治書院刊行の「和歌文学大系」第二四巻『後鳥羽院御集』の注に引かれてゐた歌である。

夕すゞみ芦の葉みだれ寄る波に蛍かず添ふあまのいさり火（遠島御百首）

といふ三例で
特に『御集』の二首（参考歌も）は
共通して三句目で切れてゐて
「〇〇〇の夕すゞみ」といふ形をとつてをり
「〇〇〇」の部分には
「かくかくしかじかの場所」が示されてゐるが
勝田池畔の碑に刻まれた和歌も
もしも

蛙鳴くかり田の池の夕すゞみ聞かましものは松風の音

で
あれば
それらと同型になつて
晦渋さは一ぺんに解消する

（晦渋でなくなる分だけ
伝説に相応《ふさは》しい
かたじけなさに涙こぼるる神秘感は
薄れる
のかもしれないが……）

パート四　旅路の果て

——向うの森で／ガルーがカンカン（板倉鞆音訳『リンゲルナッツ詩集』より）

——恰も淤（津？）岐の菟　和邇共の背跳て脱れ出づるが如く（出雲神話より）

実際の隠岐の旅は
十一月の下旬に終つたが
「池への旅」は年が明けて
一月一杯かかつてしまつた
　その間　資料館　図書館を経めぐること　延べ八カ所
　古書店との折衝　延べ十数件
　各館　各書店の親切な対応には
　　感謝　感謝　感謝　感謝
さて　今ここに
一応の結果らしきものを得て
机上の旅も
終らんとしてゐる
この奇つ怪な詩篇（詩篇!!）の
その締括り
コーダは
かうだ

＊

はや　ふねにのれ
船が出る
　からつぽうの旅行鞄
　からつぽうの脳味噌

上甲板では
銅鑼が　GONG　GONG

汽笛が鳴る／いま万感の思ひを込めて汽笛が鳴る（典拠は知る人ぞ知る）

これなむのユリカモメが叫び
たゝなはる
十重《とへ》二十重《はたへ》の
雲の
あなたで

いま　神龍《シェンロン》が笑ふ

補記――貴人や名将・高僧の一声で池の蛙が声を絶つたといふ伝説は、調べてみると、全国各地（たとへば千葉県光明寺・群馬県新田町・岐阜県立政寺・東京都宗慶寺・福岡県太宰府・大分県最明寺・福島県柳徳寺・同県遍照尊寺などなど）に広く分布してゐることが判明する。パート二で引いた『隠岐・流人秘帳』中に出てくる「ほととぎす」にまつはる説話も、佐渡（順徳院）や甲斐（良純法親王）などに、それぞれ登場人物を変へて残されてゐるやうだ。

和泉式部についても、柳田国男の「和泉式部の足袋」に依れば、その生地と伝へられてゐる場所が「京を除いても全国に七箇所」、葬所・墓所に到つては「日本に十五箇所」もあるとのことである。

貴重な知見を得た文献は、作中で引用したもののほかにも多々あるが、特に、次のものをここに記して置きたい。

目崎徳衛『史伝後鳥羽院』（吉川弘文館　二〇〇一）、田邑二枝『隠岐の後鳥羽院』（隠岐郷土研究会　一九六六）、樋口芳麻呂『後鳥羽院』（集英社　一九八五）、上田正昭ほか『山影につどふ神々』（作品社　一九八九）、丸谷才一『後鳥羽院第二版』（筑摩書房　二〇〇四）、佐藤寒山監修『後鳥羽上皇と隠岐島』（後鳥羽上皇聖蹟顕彰会　一九七五）、岸田美智子詩集『隠岐狂想曲』（白地社　一九八六）、小原幹雄『遠島御百首注釈』（隠岐神社奉賛会　一九八三）、野津龍『隠岐島の伝説』（日本写真出版　一九九五改版）、和田英松校訂『増鏡』（岩波文庫　一九五四第八刷）、栃木孝惟ほか校注『保元物語・平治物語・承久記』（岩波「新日本古典文学大系43」　一九九二）、大内瑞恵「この里過ぎよ山ほととぎす」（「都留文科大学国文学論考」39号　二〇〇三）、荻生徂徠『峡中紀行』（「甲斐志料集成」第一巻　同刊行会　一九三二収録　神奈川県立図書館蔵）。

初出

「現代詩手帖」二〇〇七年三月号

（「パート 二」の引用詩は二〇〇七年一月発行の「るしおる」63号に「ある池と蛙の伝説」として発表したものに基づく）

かはづ鳴《な》く池《いけ》の方《はう》へ　かりのそらね

著者――入沢康夫《いりさわやすお》

装画――梶山俊夫

発行者――小田久郎

発行所――株式会社思潮社

一六二―〇八四二　東京都新宿区市谷砂土原町三―十五

電話〇三―三二六七―八一五三（営業）・八一四一（編集）

ＦＡＸ〇三―三二六七―八一四二　振替〇〇一八〇―四―八一二一

印刷――三報社印刷株式会社

製本――誠製本株式会社

発行日――二〇〇七年十一月三十日